햇빛거울장난

성선경

1960년 경상남도 창녕에서 태어났다.

1988년 『한국일보』를 통해 시인으로 등단했다.

시집 『널뛰는 직녀에게』 『옛사랑을 읽다』 『몽유도원을 사다』 『모란으로 가는 길』 『진경산수』 『봄, 풋가지行』 『서른 살의 박봉 씨』 『석간신문을 읽는 명태 씨』 『파랑은 어디서 왔나』 『까마중이 머루 알처럼 까맣게 익어 갈 때』 『아이야! 저기 솜사탕 하나 집어 줄까?』 『네가 청둥오리였을 때 나는 무엇이었을까』 『햇빛거울장난』, 시조집 『장수하늘소』, 시선집 『돌아갈 수 없는 숲』, 시작에세이집 『뿔 달린 낙타를 타고』 『새 한 마리 나뭇가지에 앉았다』, 산문집 『물칸나를 생각함』, 동요집 『똥뫼산에 사는 여우』(작곡 서영수)를 썼다.

고산문학대상, 산해원문화상, 경남문학상, 마산시문화상 등을 수상했다.

파란시선 0101 햇빛거울장난

1판 1쇄 펴낸날 2022년 7월 20일
1판 2쇄 펴낸날 2022년 11월 30일
지은이 성선경
디자인 최선영
인쇄인 (주)두경 정지오
펴낸이 채상우
펴낸곳 (주)함께하는출판그룹파란
등록번호 제2015-000068호
등록일자 2015년 9월 15일
주소 (10387) 경기도 고양시 일산서구 중앙로 1455 대우시티프라자 B1 202-1호
전화 031-919-4288
팩스 031-919-4287
모바일팩스 0504-441-3439
이메일 bookparan2015@hanmail.net

ⓒ성선경, 2022, printed in Seoul, Korea

ISBN 979-11-91897-23-4 03810

값 10,000원

햇빛거울장난

성선경 시집

시인의 말

한 시간 한 시간이 모여 하루가 되고
하루하루가 모여 일생이 된다면
이 참 엄청난 일이다 생각되다가
꽃도 잎도 다 지난 지금
이제는 그 모든 게 흐릿해져서
모두 신의 장난 같다
한 줌 햇살에 나앉아
젖은 영혼이나 널어 말려야겠다.

차례

시인의 말

제1부 햇빛고요

꽃살문

기도가 얼마나 깊으면 꽃이 되나?
간절한 염원의 마음 엮고 엮어서
눈길을 두는 곳마다 꽃으로 피었나니
꽃세상이 곧 만다라다
기도가 얼마나 쌓여야 꽃이 되나?
기원의 문마다 꽃이라니
기도의 끝에 맺힌 저 한 떨기
두 손을 모아 합장을 하고
기도가 얼마나 간절하면 저렇게
시들지 않는 꽃이 되나?
세상을 향해 열린 문
다 환하다.

햇빛고요

—

물잠자리 물잠자리가 한 마리
떠내려온 단풍잎에 가만히 앉아서
햇살을 끌어당기는 저 고요
흐르는 물살에는 햇살의 파문
동심원 동심원엔 끝없는 긴장
물잠자리 물잠자리가 끌어당기는
풍경과 풍경 너머의 풍경
물잠자리 물잠자리가 끌어당겨 온
동심원 동심원의 저 고요
그림자 하나 없이 숨죽이는 풍경들
물잠자리 물잠자리가 한 마리
잠시 붉어진 단풍잎에 가만히 앉아서
햇살을 끌어당기는
동심원 동심원의 저 투명한 긴장
개여울도 흐르다 잠시 숨죽인
햇빛 햇빛에
막 피어나는 꽃 한 송이
햇빛고요.

—

궁(窮)

이 빈궁(貧窮), 또 한 달 견뎌 볼까?
통발에 든 문어(文魚)가 제 발을 하나씩 잘라먹고
또 한 달을 견디듯
나도 내 발을 차례로 잘라먹고
또 한 달 견뎌 볼까?
어느새 꽃은 피었다 지고
먼지를 쓸어 낸 툇마루에 다시
먼지가 쌓이고 천장엔 가난의 거미줄이
얼기설기 구석마다 엉겨 붙는 봄날
통발에 든 문어처럼 내 발을 잘라먹고
이 빈궁 또 한 달을 견뎌 볼까?
생각하면 이 빈궁
내 가족 같은 세상
내가 좆같은 세상
내 발을 차례로 내가 잘라먹고 이 빈궁
또 한 달을 견뎌 볼까?
통발에 든 문어처럼.

나팔꽃처럼

아침에 피었다가 저녁이면 시드는, 모든 하루는 파랑, 꽃에 눈길을 주어도, 세상에 영원한 것은 없어, 오후는 꽃 잎처럼 시들고, 나는 저녁을 먹자마자 북두칠성처럼 다리를 웅크리고 잠들지, 나비는 날아왔지만 꽃은 시든 뒤, 세상에 영원한 것은 없어

별이 빛나는 잠 속에서도 왠지 나비에게 마음이 쓰이는, 애틋한 나팔꽃의 모든 하루는 파랑, 세상에 영원한 것은 없어, 아침에 피었다가 저녁이면 시드는 저기, 저 나팔꽃의 모든 하루는 파랑, 나비가 날아와도 꽃은 시든 뒤, 꽃속에 잠든다고 다 꿈같을까요?

세상에 영원한 것은 아무것도 없어,
저 파랑, 또 한세상 건너가고 있는 중
아직도 누구나 묵묵히
또 한바다 건너가고 있는 중.

까마귀가 없는 보리밭

나는 지금 그 속을 걷고 있다, 어! 여기는 까마귀가 없
네, 나직이 말할 때, 내 영혼이 넘실거리는 너른 벌판, 한
낮의 해도 둥글어져서, 그림자마저 둥글어져서, 생각의 사
리들이 보석이 되는 시간

한낮의 생각은 지구본처럼 둥글고, 내 마음마저 지구
본처럼 둥글고, 하늘은 눈이라도 내릴 듯 더 낮아져, 덜
여문 햇살들이 잠깐 고개를 들면, 지지배배 종다리가 되
는 보리밭

모든 처음의 길
저 거침없는 초록
나는 지금 그 속을 걷고 있다

어! 여기는 까마귀가 없네, 나직이 말할 때

풍경의 사리들이 보석이 되는 시간, 마음의 생각도 둥글
어져서, 눈빛마저 둥글어져서, 까마귀가 없는 보리밭도 보
리밭, 내 몹쓸 그리움아! 너는 어디에 있는가? 나는 지금 모
든 처음의 길을 걷고 있다, 내 영혼이 물결치는 너른 바다.

국수

뿌리도 없는 헛된 바람이
주인 행세를 하는 날이 있다
이런 날은 국수가 먹고 싶은 날이다
살아 있으니 오늘이 생일
후루룩 후루룩 면발을 빨아 들이키며
생일을 축하하고 싶은 것이다
달디단 사탕을 입에 넣은 적도 없는데
입에 단내가 나는 날이 있다
이런 날은 국수가 한없이 당기는 날이다
살아 있으니 오늘도 생일
후루룩 후루룩 면발을 젓가락으로 감아올리며
생일을 축하하고 싶은 것이다
저 세상의 끝으로 끝으로 달아나도
나를 감아 오는 이 지상의 결초(結草)들
발을 붙들고 발목을 잡고 발을 걸고
허어 참! 허어 참 네!
이런 날은 국수가 먹고 싶은 날이다
절간의 스님조차 미소 짓게 했다는
후루룩 후루룩 후루루룩
저 실낱같은 생명의 희망 줄을.

16

괘관산(掛冠山)에 들어

갓을 벗어 서편에 걸어 두고
대님도 풀어 던져두고
바위에 기댄 수풀같이 한세상 살았으면
그늘이 짙어 뻐꾸기 울면
제비꽃 같은 옛사랑도 잊고
엉겅퀴 같은 오늘도 잊고
바위에 기댄 수풀같이 그렇게 살았으면
홑적삼 벗어 배꼽을 드러내고
버선도 없이 발가락을 꼼지락거리며
너무 맑아서 멍한 계곡물에 발을 담가
제비꽃 같은 옛사랑도 저 물에
엉겅퀴 같은 오늘도 저 물에
다 띄워 보내고 한세상 살았으면
사랑아 사랑아 내 사랑아
손짓하여 부르던 옛일들 다 잊고
눈은 반쯤 내리깔고 팔베개하여
운주사 와불 같이
운주사 와불같이
한세상 살았으면.

나의 명상

사는 일이란 그저 제 밥그릇을 닦는 일
한 끼의 식사를 마치고 밥그릇을 닦으며 도솔
수저와 반찬 접시를 닦으며 도솔 도솔
이렇게 하루를 보내면 하루치의
내 죄업이 닦여질까요? 둥글레 둥글레
내 하루가 저 그릇들처럼 깨끗해질까요?
오늘도 명상에 들었습니다. 둥글레 둥글레
사는 일이란 별을 닦듯 제 밥그릇을 닦는 일
일상의 저녁이란 잘 닦은 식기 같은 건 아닐까?
도솔 도솔 행주치마 고름을 단단히 묶습니다
도솔 도솔 둥글레 둥글레 행주를 들고
이렇게 또 하루를 보내면 하루치의
내 죄업이 닦여질까요? 둥글레 둥글레
한잔 차를 마시듯.

나뭇가지에 앉은 새처럼

첫사랑 그 지지배 지지배배
아침 나뭇가지에 앉은 새처럼
지지배배 지지배배
원체 말도 없던 그 지지배가 지지배배
이젠 나도 세상을 알 만큼 나이를 먹었다고
쉬지도 않고 지지배배 지지배배
늙은 푸조나무 그늘에 앉아
지지배배 지지배배
내가 그만 날려 보낸 아침 새처럼
첫사랑 그 지지배 지지배배
왼종일 말도 없던 그 지지배가 지지배배
슬픔쯤은 나도 이젠 돌아볼 만큼 나이를 먹었다고
쉬지도 않고 지지배배 지지배배
늙은 푸조나무 그늘에 앉아
지지배배 지지배배.

두문(杜門)

　겨울의 첫걸음 납작납작하다, 책을 펼쳐 들었는데 지난가을에 넣어 둔 낙엽들이 납작납작하다, 낙엽들을 넣어 둔 기억들이 납작납작하다, 행과 행 사이가 납작납작하다, 지난가을 무슨 생각들을 숨겨 두었는지 납작납작하다, 활자와 활자 사이가 납작납작하다, 아무튼 첫걸음인데 눈 발자국같이 납작납작하다, 안방에서 마루로 마루에서 부엌으로 앞으로 살아갈 날들이 납작납작하다, 얇은 생각 접시같이 납작납작하다, 책에서 빠져나온 생각들이 납작납작하다, 어디까지가 나의 생각이고 어디까지가 묻어온 생각들인지 기억들이 모두 납작납작하다, 감기도 기침도 없이 별난 계절의 안부가 납작납작하다, 기억나는 얼굴들이 압화(壓花)처럼 모두 납작납작하다, 겨울의 첫걸음부터 납작납작하다.

꿀벌처럼

나는 날마다 꽃을 보고
젖보다 달콤한 꿀을 모으지만
꿀 1그램을 얻기 위하여 삼만 송이 꽃
나의 봄날은 봄꽃보다 더 바쁘다네
온 봄날이 다 환하여도
내 마음이 봄비에 먼저 젖으니
저 꽃밭이 온통 가시밭길이네

나도 날마다 꽃을 보고
꿀보다 향기로운 시(詩)를 모으지만
좋은 시 한 편이 작은 쌀 한 포대보다 못하여
저 봄날이 한없이 서럽다네.

꽃밥

모든 밥은 꽃밥이다
꽃이 피지 않았는데 어찌 열매를 맺으며
맺지 않은 열매가 어찌 밥이 되랴
혹 어떤 사람들은
밥 위에 꽃잎을 얹어 그 밥만
꽃밥이라 칭하는 사람들도 있는 모양
그러나 알고 보면
그 모든 밥은 다 꽃밥이다
한 톨 한 톨 알곡이 되기까지
꽃이 피어서야 드디어 열매를 맺고
그 열매가 밥솥에서 뜨거운 김을 뿜는 이 시간
어찌 그 모든 밥이 꽃밥이 아니랴
우리를 다시 일으켜 세우는
뜨거운 이 한 숟가락
그 모든 밥은 다 꽃밥이다.

그냥

　네게 불쑥 건네고 싶은 것 그냥, 바람이 나뭇가지를 흔
들고 지나가듯 그냥, 아무리 살아 봐도 이유를 알 수 없는
그냥, 네게 휙 안겨 주고 싶은 그냥, 고양이처럼 꼬리 치며
안겨 오는 그냥, 사랑이란 것도 때로는 다 부질없다 싶을
때 꺼내 보는 그냥, 발버둥 쳐 봐도 다 알 수 없는 삶 같은
그냥, 봄 햇살 아래 알종아리를 드러내고 싶은 그냥, 야옹
거리며 내가 네게로 가는 마음 그냥, 목욕탕이 쉬는 수요
일 같은 그냥, 왜냐고 묻지 않는 그냥, 아무에게나 내 속을
털어놓고 싶은 그냥, 한시도 내게서 떨어져 나가 본 적 없
는 그냥, 밥 한 그릇을 잘 비운 것 같은 그냥, 우리네 삶의
종착지 같은 그냥, 길고양이 같은 그냥, 그냥 그렇게 산다
싶은 그냥, 불쑥 오늘 너에게 또 건넨다! 그냥.

등불, 등(燈)

우리 집 골목에는 가로등을 끄는 요정이 있어
아침 신문이 배달될 때쯤이면
찰칵, 가로등을 끄지
내가 막 저녁 식사를 끝내고
옥상에 올라 별점을 치는 순간
찰칵, 가로등을 켜듯이
나는 늘 가로등을 켜는 요정을 기다렸으나
요정은 늘 내가 잠시 넋을 놓는 시간에 다녀가지
살면서 우리가 늘 세상이 어두워 길을 잃었을 때
무릎을 꿇고 등불을 켜는 요정이 나타나기를 빌지
그때마다 어디선가 등불을 켜는 요정이 나타나
반짝, 하고
우리 앞에 환한 등불을 켜고는
그림자도 없이 요정은 사라지지
그래서 나는 늘 요정의 그림자도 볼 수 없지만
저 환한 등불이 요정의 그림자라 생각하지
내 그림자와 요정의 그림자는 서로 달라
내 그림자는 어둡고 요정의 그림자는 밝지
오늘 아침에도 그래,
내가 아침잠을 털고 일어나

테라스로 나가 기지개를 켜고 하품을 할 때
잠시 내가 한눈을 팔았다 싶을 때
찰칵, 가로등을 끄는 요정이 다녀갔지.

파묵(破墨)

시간이 세상을 자유롭게 하리라 구름인 듯 안개인 듯 이제 너희들이 새긴 모든 경전(經典) 연기처럼 지워지리라 구름인 듯 안개인 듯 그림자의 그림자처럼 종이나 나무 돌에 새긴 사람들의 말들 구름인 듯 안개인 듯 모든 자연이 본래의 모습으로 돌아가리라 구름인 듯 안개인 듯 처음처럼 본래의 자리로 돌아가리라 구름인 듯 안개인 듯 빛이 지워지면 그림자가 사라지듯이 구름인 듯 안개인 듯 사랑도 명예도 바람처럼 밀려가 구름인 듯 안개인 듯 이제 모든 말들이 귀에서 나와 허공으로 사라지리라 구름인 듯 안개인 듯 모든 활자들이 먹물을 벗고 백지로 구름인 듯 안개인 듯 연기도 흩어지면 바람 속의 냄새만 구름인 듯 안개인 듯 이제 모든 경전 연기처럼 지워지리라 구름인 듯 안개인 듯 바람이 구름을 안고 안개가 바람에 휘날리듯이.

아내는 헤이즐넛을 마시고

사람들은 왜 헛헛해지면
헛제삿밥을 먹으러 가는지 몰라
장손 며느리 탕국에 빠져 죽는다는 말은 참말
나는 오늘도 갖은 나물에
남은 제삿밥을 마저 비벼 먹는다
아내는 우아하게 헤이즐넛을 마시며
여보! 헤이즐넛 향이 나남요? 묻는데
나는 지금 해 질 녘인지 해 뜰 녘인지 알지 못한다
배는 불러 남산만 하고 그래도
탕국은 남겨서는 안 될 것 같아
냄비 바닥을 긁는데 아무래도
사람들은 왜 마음이 헛헛해지면
헛제삿밥을 먹으러 가는지 몰라
탕국을 먹으러 가는지 몰라
그들은 제사도 지내지 않는감?
탕국도 끓이지 않는감?
아내는 우아하게 헤이즐넛을 마시는데
나는 오늘 벌써 삼 일째
탕국 냄비 바닥을 긁고
그래도 속이 헛헛해 헷갈리는 식탁.

관상(觀相)

나는 마음이 너무 여려서
큰 나무만 보아도 절을 하고
큰 바위만 보아도 그냥 지나치지 못하고
비손을 하곤 하는데
그래서 사주팔자는 물론이거니와 관상도 믿는데
그런데 내 관상은 아무래도 아내가 만들어 가는 것
심심하면 이리 와 봐, 족집게를 들고
오늘은 이 볼따구니에서 수염 하나를 쑥 뽑고
다음 날은 저 볼따구니에서 수염 하나 쑥 뽑고
자 봐라! 거울을 내주며 훨씬 낫지? 하는데
아무리 생각해도 내 팔자는 아내가 만든 것
까짓 관상도 제 생각대로 바꾸고야 마는데
큰 나무만 보아도 절을 하는 내 여린 처지에
아무리 생각해도 내 팔자는 아내가 만든 것
이러니 어쩌겠나, 내 팔자 따위
아내가 만들어 가는 관상쯤
뭐 그리 큰 대수.

김치 꼭다리

저 말대꾸는 장모님의 탓
돌아가신 장모님의 탓
어쩜 내게 시집올 줄 미리 아셔서
김치 꼭다리란 꼭다리 다 먹여서
한마디 하면 지는 법 없이
탁구공처럼 튕겨 나오는
저 말들, 다 장모님 탓
돌아가신 장모님 탓
내게는 단 한마디도 져 주지 말라고
꼭 꼭 챙겨 먹여서
언제 어느 때나
한마디 하면 두 마디 돌아오게
미리 다 예방해 두신
저 치밀한 처방
어쩜, 내게 시집올 줄 미리 다 아셔서
김치 꼭다리란 꼭다리 모두 먹여서
한마디 하면 지는 법 없이
탁구공처럼 튕겨 나오는 대꾸
아내의 입 근처 저 김치 꼭다리들
다 장모님의 탓.

아이고! 어쩐다, 이 지랄

문제는 반주, 그놈의 술 때문이야

아홉 시 뉴스도 시작하기 전
초저녁 여덟 시에 곯아떨어져
새벽 한 시에 깨어나 허둥댄다, 남들은 아직
잠자리에 들기 전인지도 모를 시간에

이제 무엇을 할까?

일상의 아침처럼 들기름에
계란 노른자를 동동 띄워 마실 수도 없고
얼음을 가득 채운 냉커피를 벌컥벌컥
다시 잠들기엔 애당초 틀려먹은 일

문제는 반주, 그놈의 술 때문이야

그런데 대구뽈찜을 앞에 놓고 어찌
소주 한잔 안 할 수 있겠어?
내 생각은 그렇지만 이게 무슨 짓이야
이제 보통의 사람들은 술잔을 놓고

콧노래를 부르며 늦은 귀가를 해야 하는 시간
새벽 한 시

나는 할 짓이 없어 이따위 시나 쓰고 앉았다니
아이고! 이 지랄, 어쩐다? 이 밤
문제는 반주, 그놈의 술 때문이야.

아이고, 닭 잡아라

일주일만
주말이라고 딸이 왔다
아내는 대바구니를 들고 문을 나서며
딸이 왔는데, 씨암탉 잡아야지 하고
내 화단으로 나가더니
바구니 가득 상추며 깻잎을 챙겨 들고
들어왔다 나도 딸도 모른 척
맛있게 저녁을 먹고 화단엘 나가 보니
관상용 상추가 털 뽑힌 생닭처럼 온통 맨살이다
으잉, 이게 무슨 일이냐고 털 뽑힌 저 닭 꼴
아이고! 닭 잡아라, 아이고! 닭 잡아라
저 저 관상용 상추를
아이고, 닭 잡아라
저 씨암탉을.

제2부 비 오다 갠 어느 늦은 오후

사향제비나비

꽃은 진 지 오래인데

물버들만 여름여름 널어졌다

개울에 발 담그면 여기 여름 한낮이

나비나비 팔랑거리는데

너는 잠도 없니?

눈웃음만 개울에 물살 진다.

비 오다 갠 어느 늦은 오후

솔잎 향 짙어 짙어
어디서 뻐꾸기 울 제
하마 꽃이 질라 비 갠 오후에
햇빛조차 낮게 낮게 조용하여서
뜰 아래 처마 그림자 발을 모두오고
다완에 차 따르는 소리
하도 맑고 맑아서
혹여 봄날도 잊은 듯하이.

이런 노름판을 봤나?

내가 잡은 패는 낭패
흑싸리나 홍싸리라서가 아니고
없는 집 장남이라 낭패
육 남매 맏이라서 낭패
오월 난초나 시월 단풍이래서가 아니고
턱도 없이 시 쓴답시고 돌아다녀서 낭패
이 폼도 나지 않는 생건달
누가 한번 봐 주겠나?
삼팔이래도 광땡도 아니고
그냥 삼팔따라지
아무리 쪼아 봐도
내가 잡은 패는 낭패.

비 내리다 문득 햇살이 비칠 때

술에 취하면 이리저리 뭉쳐 다니는
별 볼일 없는 것들이 있다
라이터, 담배, 병따개 기타 등등
여기에서도 더 별 볼일 없는 것은
기타 등등이다. 기분이 기분을 만나
술에 취할 수도 있지만 갑자기
깜박이도 없이 좌회전하거나
우회전하는 것은 위험하다고
어떤 날엔 한 주머니에서
라이터가 다섯 개, 담배가 두 갑
어디서 굴러온 것인지도 모르는 것들이
뭉쳐 있다 손바닥에서 화들짝
놀랜다. 술만 취하면 이리저리
뭉쳐 다니는 별 볼일 없는 것들
라이터, 담배, 병따개만이 아니다
어제 껴안았던 어깨며
굳게 잡았던 손바닥이며
그 많은, 많았던 흐려진 말들
어디서 굴러와 어디로 굴러갔는지
모른다. 술에 취하면 이리저리 뭉쳐 다니는

38

기분이 기분을 만나 취할 수도 있지만
뭉쳐 다니던 나는 어디에 두고 왔나?
어떤 날 한 주머니에서 나온
라이터 다섯 개, 담배 두 갑.

너머

너머는 내가 아직 가 보지 않은 세계 상상조차 어려운
세계 산 너머 남촌에는 누가 사는지 나는 몰라 봄바람이
늘 남에서 온다 해도 나는 잘 몰라 저 너머는 나는 아직 가
보지 못한 세계 너머에 가는 일은 머릿속에서 큰 종이 우
는 일 가끔 너머를 갔다 왔다는 소문을 듣곤 하지 하지만
나는 아직 너머에 가 본 일이 없어 가끔 너머를 갔다 왔다
는 소문도 듣곤 하지만 너머를 갔다 온 소문만 들먹거리지
소문만 거들먹거리지 그게 너머에 갔다 온 증표인지는 잘
몰라 그때 머릿속에서 큰 종이 울린다지만 나는 몰라 저
너머는 나는 아직 가 보지 못한 세계 너머는 너무너무 먼
세계 아직 쓰지 않은 책의 뒷장 같은 것 세상의 모든 끈들
을 놓아 버렸을 때 혹은 손과 발이 다 묶여 속수무책이 될
때 마음을 단번에 툭 내려놓는 일 어디 쉽겠어? 가끔 큰
종소리를 듣곤 하지만 그곳이 너머인진 잘 몰라 그러니까
너머는 내가 아직 가 보지 않은 세계 상상조차 어려운 세
계 달강달강 동짓달 생쥐같이 눈알만 굴리지.

햇빛경전

세상의 인연이란 인연은 다 투명하여서
연잎에 담긴 물방울에 내 눈동자가 담기듯
반짝 햇살에
내 영혼의 형상이
불영사 불영지 부처바위가 비치듯
투명하게 바라보는 빛의 응시
세상의 거울이란 거울은 다 찬란하여서
아침의 햇살이 유리창을 투과하여
거울 안의 내 눈동자에
반짝 햇살이
빛의 형상을 화살처럼 되비치듯
거울 속의 눈동자
눈동자 속의 거울
다시 거울 속 비친 내 눈동자
투명하게 바라보는 저 청정한 햇살의 촉
영혼이란 영혼은 다 투명하여서

저 빛, 찬란하다.

춘천(春川)

이제 다 됐다, 늦었다 싶을 때
춘천에 가 봐야겠네
봄의 강변이라니, 좋지 않은가?
춘천 춘천 하고 입술을 오물거리면
내 귀에는 청춘 청춘 이렇게 들리니
푸르고 푸른 봄의 강변
좋지 않은가?
세상의 봄 강변을 따라가면
어디 늦었다는 생각이 어찌 들 텐가?
이제 다 됐다, 늦었다 싶을 때
춘천에 가 봐야겠네
춘천 춘천 하다가
청춘 청춘 하다가
내 아니 다시 봄의 강변을 만나지 않겠나?
이제 다 됐다, 늦었다 싶을 때
춘천에 가 봐야겠네
푸르고 푸른 봄의 강변 좋지 않은가?

햇빛거울장난

메아리가 이쪽 벽을 부딪치고
돌아서며 반사, 저쪽 벽을 부딪치고
돌아서며 반사, 젊은 팔뚝이 힘줄을
뽐내며 불뚝 솟아오르고
희디흰 반바지 아래 젊은 발목이
허벅지를 긴장시키며
왼쪽 모서리로 뛰어갔다가
오른쪽 모서리로 뛰어갔다가
메아리가 숨을 몰아쉬며 훅훅
저쪽 벽에 부딪치고 돌아서며
메아리치고, 이쪽 벽을 치고 돌아서며
메아리치고, 젊은 발목 위의 희디흰 반바지
반바지 아래 긴장한 허벅지가 불뚝불뚝
젊은 이마가 햇빛을 반사시키며
메아리가 메아리를 후려치고
훅훅 숨을 몰아쉬는
심장의 황홀한 종소리, 종소리들.

장미 1

뭐니 뭐니 해도 꽃은 역시 빨간색
보랏빛이나 노란색이 새로워 보인다, 그래도
역시 꽃다운 꽃은 빨간색
너무 짙다 싶은 저 빨간색
쿡 쿡 찌르는 가시 같은 빨간색
슬쩍 내 마음을 열어 한 다발
꽃송이를 전한다, 그래도
향기의 한구석엔 미늘 같은 가시를
잘 숨겨 둘 줄 알아야지, 암
아무리 붉다 그래도 암만, 그래야 꽃이지
쿡 쿡 가시같이 찌르는 빨간색
안개꽃이나 나리꽃이 아무리
순박해 보여서 좋다고들 그래도
뭐니 뭐니 해도 꽃은 역시 빨간색
유치원 아이같이 하염없이 빨간색
쿡 쿡 찌르는 가시 같은 빨간색
마음에 두고도 말도 한번 못 붙인
그 옛날, 한참 전 옛날 같은
가시를 숨겨 둔 저 짙은 빨간색.

장미 2

아름다움은 끝끝내 이기적이다
꽃이 피지 않는 장미는 가시만 보여 주고
내 짝사랑은 또 한 계절을 넘겼다
차라리 담장 곁이나 길가였다면
너는 노류장화(路柳墻花)
노류장화였다면
어쩌나 손 닿지 않는 향기라는 것
아름다움은 끝끝내 이기적이다
가시가 많은 장미를 지켜보면서
내 짝사랑은 또 한 계절을 간신히 넘겼다
꽃이 피지 않는 저 거침없는 초록
아름다움은 끝끝내 이기적이다.

저 눈먼 아침, 잡아라

이 모서리만 지나면
내 쉴 집이 나오리라 기대하면서
끝없이 걷는다, 골목을 돌고 돌아

아침이면 다시
만년필에다 잉크를 다시
채울 것을 알면서
몽땅 치운다, 원고지 뭉치를

오늘이 마지막이 아니란 걸
알면서 저녁 이불을 펴고
또 일기를 쓴다, 마지막이듯

그런데 이 망할
아침은 늘 새로운 간(肝)과 바위와
새로운 시간을 내 앞에 내놓는다
새 원고지를

오늘이 마지막이 아니란 걸 알면서
저녁마다 한 권의 시집을 머릿속에다 묶어 놓고

서문을 쓴다, 새로운 아침마다
내 앞에 놓인 빈칸의 새 원고지들

저, 눈먼 아침, 잡아라.

어떻게 셈해야 하나

삼만 원짜리 구두를 세 번째 닦았다
한 번에 삼천 원씩 도합 구천 원
아내는 열 번만 닦으면 본전 찾는 거라 그러고
나는 새 신발 열 번 신는 거라 그러고
그럼 이게 본전 뺀 거여
본전 찾은 거여
삼만 원짜리 구두를 삼천 원씩
세 번을 닦으니 도합 구천 원

삼만 원짜리 새 구두가
하나 둘
세 켤레.

안부

늦게 핀 원추리꽃에 범나비가 다녀가셨다
그간 소식이 없어 궁금했었다고

연잎에 청개구리 한 마리
청자연적에 붙은 조각상 같다
간밤 폭우에 소식이 무척 궁금했나 보다

알고 보면 사는 일이란 다 안부를 묻는 일

거미줄에 걸린 이슬방울이 그러하듯이
비 갠 뒤 뒤란의 두꺼비가 그러하듯이

태풍 소식이 지나간 후
전화기를 꺼내
내가 먼저 아들에게 묻는다

밥은 문나?

겨울, 동(冬)

김치냉장고에서 김치가 익어 가는 동안 동백은
꽃봉오리를 뾰족이 얼굴을 내밀고 남천의
열매는 얼굴을 더욱 붉히는 중이다. 나는
머리를 감고 내복을 껴입는다. 늘 말썽이던
길고양이들이 사라진 골목
뻐꾸기 트럭이 흠 흠 목을 틔우고 나는
꽃대가 말라 버린 화분들을 화단 가장자리로
치운다, 빈 술병 같은 헛헛함
한낮의 햇살이 동백나무 잎을 비추는 동안
간밤에 친구에게 쓴 편지를 들고 나는
우체국으로 향할 것이다. 천천히
가슴속에서 숨겨 둔 슬픔이 익어 가는 동안
나는 겨울 외투 위에 목도리를 두른다.
구상나무는 솔향을 더할 것이다. 봄이
뾰족이 얼굴을 내미는 동안 나는
햇살의 각도를 잰다. 손뼘으로
묵은해에서 새해로 기다림이 익어 가는 동안.

햇빛 뜰

햇살처럼 반짝 오늘

빗자루를 들면 마당 쓸고 돈 줍고, 호미를 잡으면 도랑
치고 가재 잡고, 밝은 햇살 아래에서 임도 보고 뽕도 따고,
반짝반짝 오늘은 다 일석이조

눈부시게 빛나는 저 햇살 아래에서
불땀 좋은 아궁이같이
꽃들이 너도 활짝, 나도 활짝
빛나는 오늘 하루 모두 다 찬란

유리 거울처럼 반짝반짝 햇빛 뜰에서
맨드라미, 맨드라미 뜰 안에 맨드라미
발갛게 맨드라미

햇살처럼 오늘이 모두 반짝
빛나는 오늘 하루 모두 다 찬란.

안계 종점

나는 지금 안계로 가네
회산다리에서 252번이나 253번
시내버스를 타면 되네
글쎄 세상이 어수선하니 앞이 보이지 않아
내가 지금 안계로 가는지
안개로 가는지 잘 모르지
좌우지간 나는 지금 회산다리에서
252번이나 253번을 기다리고 있네
안개는 늘 함께 몰려다녀서
252번이나 253번도 몰려다니지
나는 지금 안개로 가려 하네
앞일은 누구도 알 수가 없지
자욱한 그 속을 누가 알겠나?
나는 지금 안계로 가려네
회산다리에서 252번이나 253번
시내버스를 타면 되네
아니, 틀린 게 아니야
이 어수선한 시대에
안계면 어떻고 안개면 어떤가?
앞일은 그 누구도 알 수가 없지

자욱한 그 속을 누가 알겠나?
좌우지간 나는 지금 회산다리에서
252번이나 253번을 기다리고 있네
안계든 안개든 종점은 다 막막하다네.

수련 1

이미 눈은 멀었고 귀만 붙었다, 동냥젖을 얻어먹을 때 어떻게 눈을 빤히 쳐다보나? 이미 눈은 멀었고 귀만 붙었다, 잠든 연꽃, 어미는 벌써 없고 아비는 눈이 멀었다, 공양미 삼백 석에 눈이 멀었다, 뱃전에 서서도 이미 눈이 멀었다, 인당수에 섰을 때 치마로 앞을 가리고 이미 눈이 멀었다, 연꽃으로 떠올랐대도 잠든 연꽃, 이미 눈은 멀었다, 우렁우렁 꺾인 목소리, 아버지, 아버지 귓전을 파고드는 소리, 이미 눈은 멀었고 겨우 귀만 붙었다, 그 아이 눈을 어떻게 빤히 쳐다보나 이미 눈이 멀었는데? 우렁우렁 귀만, 귀만 겨우 붙어 있다, 잠든 연꽃, 아버지, 아버지 귀만 겨우 붙어 있다.

수련 2

나는 벌써 깨어 있는데 아직 잠들었다고 말한다, 나는 벌써 일어나 깨어 있는데 사람들은 잠들었다고 말한다, 나는 처음부터 내가 아니다, 그들이 나를 만들었다, 처음부터 나는 없었다, 그들이 만든 내가 있었다, 나는 아직 잠들 시간이 아닌데 그들은 내가 벌써 잠들었다고 말한다, 나의 잠도 그들이 규정한다, 내가 너무 나를 모르는 것일까? 그들이 너무 나를 잘 아는 것일까? 나는 벌써 깨어 있는데 아직 잠들었다고 말한다, 나는 벌써 일어나 깨어 있는데 사람들은 잠들었다고 말한다, 나는 그들의 규정 속에 잠들고 그들의 규정 속에서만 꽃 핀다, 숨을 곳 없는 슬픈 눈동자 자꾸 가슴속으로 기어든다, 나는 절대 잠에서 깨어나지 못할 것이다, 나는 벌써 깨어 있는데 아직 잠들었다고 말한다, 나는 벌써 일어나 깨어 있는데도.

북천역

소박데기 소박데기가 박태기 꽃을
화단에다 심어 놓고 밥장사를 하는데
한 밥상 차린 것이 산나물비빔밥
지나가는 객들은 영문도 모르고
이 나물 저 나물 척척 비벼서
참 맛나다며 입이 찢어지는데
가을 한철 빼고는 사람 구경도 어려운 북천역에서
메밀꽃 메밀꽃을 보러 왔다며
빨갛고 노란 등산복의 젊은이들이
이 논두렁 저 논두렁 사진기를 들이밀고
코스모스 코스모스는 아직 덜 피었다며
소박데기 소박데기가 하는 식당에서
박태기 박태기 꽃을 보고는
이게 무슨 꽃이냐며 또 사진기를 들이미는데
논두렁의 누렁이 암소는 되새김질만 하다가
흰 구름 뭉게구름 쳐다보는데
이 나물 저 나물 척척 비벼서
한 밥상 차린 것이 산나물비빔밥.

비비추

　봄바람에 비비추 볼 부비며 비비추 넓적하니 쌈 싸 먹으면 좋겠네 비비추 비비추 술 없는 콜라텍같이 펄럭펄럭 언제 꽃핀 날 있었느냐? 비비추 비비추 너랑 나랑 비비추 몸 부비며 팔랑팔랑 비비추 아파트 모퉁이 돌아가는 길목 몰래 숨어서 비비추 비비추 몸 부비며 비비추 담배나 쪽쪽 빨다가 꽁초를 휙 아무 데나 던지는 아파트 모퉁이 돌아가는 길목 비비추 비비추 팔랑팔랑 비비추 넓적하니 쌈 한번 싸 먹으면 좋겠네 팔랑팔랑 비비추 펄럭펄럭 비비추 꽃도 없이 몸 부비며 비비추 비비추.

제3부 멸치를 배우는 시간

별천(別川)

천지간 그리운 게 복숭아꽃만이랴

냇가에 앉아 피우는 마지막 담배 한 개비

천지간에 아쉬운 게 곁을 주는 일만이랴

아무도 와 주지 않는

이 쓸쓸한 봄날

냇가에 앉아 피우는 마지막 한 개비 담배.

비백(飛白)

언제 이렇게 훌쩍 넘어왔나?

내가 잘 가는 미용실의 미용사가 그랬다
앞머리는 반백(半白)이 조금 넘었고
뒷머리는 아직 반백(半白)이 조금 멀었다고

한 번도 산 것 같지 않게
다 어제 같은데

붓은 지나갔지만 비어 있는
먹물도 묻지 않은 흰 머리칼.

범종

모든 죽어 가는 것들을 위로하며 종을 울릴 때

내 자리는 하필 당좌(撞座)

당목(撞木) 화경(華鯨)이 닿을 때마다 포뢰(蒲牢)가 운다

비천상이 용두(龍頭)를 향해 날아오르고

종유(鐘乳)의 돌기가 새로 돋는다

모든 죽은 영혼들을 위로하며 종이 울릴 때

하필 내 자리는 당좌

심장이 쿵쿵 명동(鳴洞)까지 무너져 내린다

모든 죽어 가는 것들을 위로하며 종을 울릴 때.

삶은 계란을 까는 여자

인생은 원래 짜고 맵고
기름진 것, 보랏빛의 칡꽃이
여고생 단발머리처럼 예쁘다 그래도
일상의 칡뿌리는 생각보다 힘이 세다
냄비에 계란을 넣고 여자는 뚜껑을 덮다
소금을 한 움큼 더 넣는다
한소끔 끓인 뒤 불을 낮추고
잠시 생각에 잠긴다, 오늘
점심엔 열무국수나 먹을까?
찬물에 삶은 계란을 담가 두고
여자는 문득 냉장고 문을 열어 본다
보랏빛 칡꽃의 여고생이
단발머리를 버리고 파마머리가
될 때까지, 칡넝쿨은 갈등처럼
서로 얽힌다, 식탁 모서리에 톡, 톡, 톡
삶은 계란을 까는 여자, 눈을 내리깔고
오직 매끄러운 속살만이 세상의
전부라는 듯, 짜고 맵고 기름진
세상의 모든 시름을 다 잊은 듯
연신 톡, 톡, 톡, 한 대접 쌓아 올리는

하얀 탑, 단발머리를 버리고
보랏빛 파마머리가 된 여자
삶은 계란을 까는 여자.

백로(白露)

一

화왕산 억새의 흰 머리칼이
바람에 흩날린다
이렇게 늙어 가는 것들이야 어떻게 하겠냐만
남도 삼백 리 너른 들판에 풍년이나 들었으면
이런저런 생각이나 하면서
나도 이제는 흰 머리칼, 백로(白老)다
이렇게 늙어 가는 것이야 어떻게 하겠냐만
주머니 사정이나 넉넉하여
못난 벗들에게 술이나 한잔 권할 수 있다면
이런저런 생각이나 하자니
풀잎 끝에는 이슬이 맺히고
마음 끝에는 애잔한 생각이 맺힌다
강남의 제비도 돌아갈 집이 있듯이
나에게도 돌아갈 집이 있다면
이렇게 늙어 가는 것쯤이야 무슨 대수
이제야 제 분수를 아는 것만도 천만다행
화왕산 억새의 흰 머리칼이 바람에 흩날리듯
가을바람에 내 흰 머리칼도 흩날린다
이렇게 늙어 가는 것이야 어떻게 하겠느냐만
못난 벗들에게 술이나 한잔 권할 생각을 하니

一

마음의 끝에는 애잔한 생각
나도 이제 백로(白老)다.

기장 멸치

기장 하면 대개 미역을 떠올리는
창녕 촌놈 나에게 기장 멸치는 새삼스럽다, 세상에
허다한 것이 멸치라도 기장 생멸치는 반갑다
동백이 지고 등꽃이 피고 아카시아가
온 산등어리 환할 때, 골목 골목 외치는
뻐꾸기 트럭에서 나는 새삼스런 기장 생멸치
한 상자를 샀다, 싱싱하다는 말에
츄리닝 바지를 추스르고 얼음에
뒤덮인 생멸치 한 상자를 샀다
아직 싱싱하다 그래도 한물간 내 나이
짭짤한 젓갈이나 담자 싶어 독을 씻고
소금 반 멸치 반, 내 인생의 오르막길과
내리막길을 생각하며 젓갈을 담았다
내년 이맘때쯤이면 내 설움의 뼈도
삭으리라, 듬뿍 소금을 한 주먹 덧얹으며
기장하면 이제는 미역보다 생멸치를 떠올리게
되리라 생각하며, 또 한 주먹 소금을 더한다
동백이 지고 등꽃이 환하게 필 때
바다도 모르는 창녕 촌놈 나에게
내 인생의 가파른 오르막길과

오금 저린 내리막길을 생각하게 하는
저 한 상자의 기장 생멸치.

문슬(捫虱)

이른 퇴직에 시간을 어떻게 보내나?
다들 묻네!
나는 거저 하루가 짧은데

아침에 일어나면 화초들 물 줘야지
아침 신문 들고 앉아야지
커피 한잔 마셔야지
지난 문예지 들춰 봐야지

가끔 쓸데없는 일에도 마음을 내
아내와 시장도 보아야 하고
밥 먹고 설거지도 하는 척

때 되면 재활용품 정리도 해야 하고
어떤 날은 어슬렁어슬렁 뒷산도 가고
가끔은 서재에 앉아 글도 쓰지

그런데 다들 묻네!
이른 퇴직에 시간을 어떻게 보내나?
옷섶의 서캐나 문지르는 척해도

나는 그저 하루가 짧기만 한데.   —

모자

마르코 폴로 산양은 뿔로 기억되는데
사람은 모자로 기억되나 봐
모든 사람들은 모자에 안달해
나도 억지로 모자를 써 보는데
영! 아니야, 맞질 않아
사람들이 모자로 기억된다면
모자가 바로 그 사람인데
나는 모자가 영 어울리지 않으니
사람도 아니야! 할까 겁이 나
마르코 폴로 산양은 뿔로 기억되는데
뿔 없는 마르코 폴로 산양을
어떻게 기억해, 사람은 모자
그 사람은 그 모자, 그렇게 기억될 때
나는 모자가 영 어울리지 않으니
사람도 아니야! 할까 겁이 나
모든 사람들이 모자에 안달해
나도 억지로 모자를 써 보긴 하는데.

밥

밥은 곧 법(法)이다
아주 큰 우주
숟가락 하나로 건너가는 삼백예순날
따뜻하게 배고픈 저 한 그릇
긍휼히, 긍휼히 만인 앞에
평등하다
아주 큰 우주.

멸치를 배우는 시간

밥상머리에서
멸치볶음을 앞에 두고 젓가락들이 분주할 때
조연인 듯 주연인 이 멸치볶음을
우리는 어떻게 평해야 하나?
갈치는 칼을 닮아 갈치가 되었다는데
멸치는 왜 멸치일까?
한편으로는 묻고 한편으로는 대답하며
가장 멋진 삶을 생각하게 하지
가장 빛나는 삶은 조연인 듯한 주연
조연은 좀 어둡고
주연은 너무 밝아
그래서 가장 빛나는 삶은 주연인 듯한 조연
내 삶도 그랬으면 좋겠다, 속으로 낄낄거리며
다시 젓가락들이 멸치볶음에 분주하지
산다는 것은 암만해도 망망대해
어디서 시작해 어디서 끝날지는 잘 모르지
그럴 때 멸치를 봐
조연은 좀 어둡고
주연은 너무 밝아
그래서 가장 빛나는 삶은 주연인 듯한 조연

가장 멋진 삶을 생각하게 하지   —
다시 젓가락들이 멸치볶음에 분주하지.

망종(芒種)

어제도 그제도 아니면 내일 모레 글피면
쓰겠냐, 바람아 구름아 내 사랑 그림자야
어제도 그제도 아니면 내일 모레 글피면
되겠냐, 잠자리야 제비야 젖은 이슬비야
어제도 그제도 아니면 내일 모레 글피면
쓰겠냐, 젖어서 젖어서 어이 못 하면 내일 모레 글피면
되겠냐
기다리다 기다리다 못 하면 내일 모레 글피면 되겠냐
바람아 구름아 내 사랑 그림자야
잠자리야 제비야 젖은 이슬비야
꽃도 열매도 다 한땐데
씨 뿌리고 거두는 일 다 한땐데
어제도 그제도 아니면 내일 모레 글피면
쓰겠냐, 우리 만남도 헤어짐도
내일 모레 글피면 쓰겠냐.

딴청

나는 입술이 부르텄는데
꽃마중 갈라요?
산은 아무리 낮아도
신선이 놀면 그게 명산(名山)
저 산의 허리는 온통 봄 햇살로 환한데
꽃마중 갈라요? 아이구! 이 지랄
이 봄에 몸살은 무슨?
꽃은 이 봄에 와 피겠노?
진달래, 산벚꽃, 꽹과리 소리
아이구 이 지랄! 와 입술은 부르텄는데?
산이 아무리 높아도
신선이 깃들지 않으면
그냥 저기 저 높은 언덕배기
이 봄에 꽃이 와 피겠노?
진달래, 산벚꽃, 꽹과리 소리
눈길은 자꾸 꽃마실을 가면서
이 봄에 몸살은 무슨 몸살?
꽃마중 갈라요?

너무

하고 많은 말 중에 '너무'가 걸린다, 나무에 연이 걸리 듯 '너무'에 걸린다, '너무'는 도를 지났다는 말, 도를 지나 쳤다는 말, '너무'는 색깔이 좀 들어간 말, 그렇게 심하다는 말, 그렇게까지 심하게 하지 않아도 된다는 말, '너무'는 나무처럼 스스로 자라기도 해서 그늘이 짙은 말, '너무' 좋다거나 '너무' 싫다거나 다 도를 지나친 말, '너무' 뜨겁다거나 '너무' 차다거나 다 도가 넘은 말, 나도 '너무'에 걸려 넘어진 적이 많은 말, 그런데 우리는 이를 '너무너무'라고 중첩해 쓰기도 해, 우리는 '너무'를 얕보다 늘 혼이 나는데 '너무'에 걸려 넘어지기도 하는데, 따뜻한 햇살이 그리울 때 '너무'는 나무처럼 더 짙은 그늘을 드리우는데, 스스로 자라는 나무처럼 짙은 그늘을 드리우는데, 하고 많은 말 중에 '너무'는 그중 무서운 말, '너무'는 도를 넘었다는 말, 도를 지나쳤다는 말, '너무'는 함부로 할 수 없는 말, 많은 말 중에 아주 무서운 말, 나도 '너무'를 얕보다 늘 혼이 나는데, 가시가 목에 걸리듯 '너무'에 걸려 숨도 못 쉬겠는데, 하고 많은 말 중에 '너무'가 걸린다, 컥 컥.

돼지감자는 뚱딴지

당뇨에는 효험 있다 그래도 돼지감자는 뚱딴지, 니 잊었다는 말 거짓말, 하마 잊었다는 말 거짓말, 잠시 꿈에 들었단 그 말 거짓말, 이제는 사랑도 옛말이라고 손사래 쳤던 그 말 거짓말, 돼지감자는 뚱딴지, 캐고 보면 뚱딴지, 니 잘 가라 흔들던 그 손 다 거짓말, 손가락 걸었던 그 약속 잊었다는 말 거짓말, 니 잘났다 돼지감자, 캐고 보면 뚱딴지, 나는 단숨에 돌아설 수 있다는 그 말 거짓말, 돼지감자는 잘나도 뚱딴지, 이제는 서로를 놓아주자는 그 말 거짓말, 아무래도 뚱딴지, 벚꽃처럼 분분히 헤어지자 그 말 거짓말, 돼지감자는 뚱딴지, 아무리 잘나도 뚱딴지, 이제 꿈에서 깨어났다는 그 말 거짓말, 그저 다 지나간 봄빛이었다는 말 거짓말, 한순간의 폭풍우였다는 그 말 거짓말, 다 잊었다는 그 말 거짓말, 돼지감자는 뚱딴지 알고 보면 뚱딴지, 니 잊는다는 그 말 거짓말, 하마 잊었다는 그 말 거짓말, 까마귀처럼 새하얀 까마귀처럼 말캉 거짓말, 돼지감자는 뚱딴지.

니 머라카노

니 머라카노 니 하는 소리는 말캉 깻묵 네 덩이 아무리 지껄여도 깻묵 네 덩이 기름기 없는 깻묵 네 덩이 니 머라 카노 설사 그기 니 말대로 그렇고 그렇다 그래도 깻묵 네 덩이 니 말대로 다 된다 캐도 깻묵 네 덩이 아무리 떠들 어 봐도 말캉 깻묵 네 덩이 기름기 쫙 빠진 깻묵 네 덩이 니 아무리 냄새를 풍겨도 깻묵 네 덩이 어제 한 말 다르고 오늘 한 말 다르고 니 아무리 지껄여도 깻묵 네 덩이 모두 다 그기 니 말대로 다 된다 해도 말캉 깻묵 네 덩이 아무 리 냄새를 풍겨도 깻묵 네 덩이 기름기 쫙 빠진 깻묵 네 덩 이 니 머라카노 듣고 들어도 들리지 않는 네 말은 깻묵 네 덩이 기름기 쫙 빠진 깻묵 네 덩이 니 머라카노 머라캐샀 노 아무리 그래도 깻묵 네 덩이 말캉 깻묵 네 덩이 기름기 쫙 빠진 깻묵 네 덩이.

동전

동전에는 양면이 있다

내게 처음 슬픔을 가르쳐 준 일이 있었으며
내게 처음 기쁨을 가져다준 적이 있다

공을 차기 전
주심이 동전을 높이 던져 공수를 정하는 것은
하느님 심판의 패러디

그 하나로 공격과 수비가 나뉜다

나의 슬픔도 너로 인해 처음
나의 기쁨도 너로 인해 처음

하느님의 주머니 속에서 짤랑거리기나 하다가
언제 나에게 선택의 갈림길을 줄지도 모르는

저 동전에는 언제나 양면이 있다
그 하나로 공격과 수비가 나뉜다.

동래학춤

절정은 늘 고고하거나 신령스럽다
연미복의 지휘자 그 손짓 하나에
바이올린 현이 떨고
비올라의 관이 운다
건반 위를 사뿐사뿐 걷는 손가락이여!
종종거리다가
깡충거리다가
날개를 펴고 날아갈 듯하다
빙빙 돌다 껑충껑충
첼로는 가늘고 길게 목을 빼고
바이올린 활은 솟았다 가라앉았다
연잎에 물방울이 구르고
청개구리는 뒷발에 힘을 모은다
가만히 귀를 기울이는 가을의 귀들이
잎사귀 한껏 햇살에 물들 때
늘 절정은 고고하거나 신령스럽다
빙빙 돌다 껑충껑충
종종거리다가
깡충거리다가
바이올린 활은 솟았다 가라앉았다

활갯짓하는 고운 학이여!
흰 도포 자락의 배래가
날개를 펴고
곧 날아갈 듯하다.

달의 물결무늬

구름에 반쯤 가린 달
저 달 안에 세계가 있다면 어떨까요?
계수나무와 옥토끼가 한 그늘 안에서
그림자를 서로 나눠 가지듯
저 달의 가슴도 반쯤 그늘졌을까요?

사랑이란 얼마만큼 휘어지는 것

대숲이 작은 바람에도 흔들리듯이
눈 맞은 소나무 가지가 어깨를 조금 낮추듯이
어서 오라고 흔드는 손짓이나
조심히 잘 가라고 흔드는 손짓이나
휘어지는 가락은 거기서 거기

기억이 누구에게는 시간이고
또 누구에게는 공간이듯이

사랑이란 언제나 반쯤 고개를 숙이는 것

달의 세계에서도 사랑은 휘어지는가?

구름에 반쯤 가린 저 달이
서쪽으로 서쪽으로 걸음을 옮기면서도
고개가 조금 휘었다.

그해 여름

어! 벌써 유월이네 했는데 벌써 칠월의 끝자락

이 병신, 계곡에도 한번 못 가고
해수욕장 근처도 못 가 보고
그냥, 선풍기만 틀어 놓고

너, 집에서 애나 보냐?
닭처럼 또 알을 낳느냐?

어! 이제 여름이네 했는데 벌써 칠월의 끝자락

돌볼 애도 하나 없이
닭처럼 알도 하나 못 낳고
내내, 컴퓨터 앞이다, 쓸데없이 뭐 하느라고
내내, 선풍기 앞이다, 별일도 아닌데

그깟, 말도 안 되는 잡문이나 쓰면서

이 병신, 수영복도 한번 못 입어 보고
슬리퍼나 질질 끌면서.

늙은 원예사

환갑 진갑 다 지나 이젠 여기가 끝, 했을 때
나는 동산바치, 꽃 화분 서른한 개가 내 앞에 있네
이제 이 거친 들판을 그만 걸었으면 했을 때
문득 내 앞에 웬 꽃길
꽃 화분 서른한 개가 놓여 있네
이젠 안경도 초점이 맞지 않아
신문조차 읽기가 어려운데
문득 내 앞에 웬 꽃길
꽃 화분 서른한 개가 문득 놓여 있네
환갑 진갑 다 지나 나도 이젠 끝물이다, 했을 때
서른한 개의 꽃 화분들이 차례로 꽃을 피워
눈만 뜨면 물조루를 들게 하고
세상 이 거친 들판을 그만 갔으면 했을 때
문득 내 앞에 이 웬 꽃길
갑자기 눈앞이 환해지고
흐린 눈이 다시 맑아져
안경을 벗고도 꽃길은 보이네
이제 다시 아이를 키우듯
보란 듯이 붉고 샛노란 꽃들이
아침마다 왁자지껄 눈앞이 환해지고

나는 이제 서른 대여섯 젊어지고
물조루를 들고 젊어지게 하고
안경을 벗고도 꽃길이 다 보이네
환갑 진갑 다 지나 이젠 여기가 끝, 했을 때
나는 동산바치
꽃 화분 서른한 개가 내 앞에 있네.

묵묵하고 둥근 사랑

김영범(문학평론가)

삶에 익숙해 있기 때문이 아니라
사랑에 익숙해 있기 때문에
우리는 삶을 사랑하는 것이다
—니체

경건하나 투박한 손

알브레히트 뒤러의 「기도하는 손」(1508)이 명화로 평가받는 이유는 짐작건대 클로즈업 기법이 낳은 역설의 효과에 있을 터이다. 기원하는 사람의 모습을 과감히 생략하여 응당 엄숙하고 간절했을 그의 표정을 잉여로 남겨 둠으로써, 뒤러는 숭엄한 한 인간의 낯빛이 아니라 그러한 태도나 정신을 그려 낼 수 있었다. 그리하여 기도 중인 손을 부각시킨 낯선 그림을 바라보면서 떠올리게 되는 것은 기원하는 사람의 얼굴이나 계급 혹은 바람의 정체가 아니다. 깍지를 끼지도 비손하지도 꼭 붙이지도 않은 두 손의 간극이 암시하는바 절실함을 넘어서는 어떤 경건함이다.

손에 애착을 보인 또 다른 화가로는 반 고흐를 들 수 있겠다. 그러나 그는 뒤러와 달리 구도로써 시선을 끌어당긴다. 「감자 먹는 사람들」(1885)의 화면 중앙에 아이의 검은 실루엣과 램프를 배치하여 강한 콘트라스트를 준 것이다. 가족의 거친 손과 앙상한 얼굴을 조명하기 위해서였다. 그것들을 아이는 물려받을 수밖에 없겠지만, 고흐의 초점은 그러한 궁핍의 상속에 있지 않았다. 그림에서 유일하게 정면으로 얼굴을 향한 언니가 말을 건네는 이는 아버지다. 손은 벌써 투박해졌지만 그녀의 눈에는 대화의 온기가 담겼다. 저 손들로 일궈 낸 곤궁한 만찬의 따스함 말이다.

예사로운 굴레

사실주의와 표현주의로 가를 수도 있는 화풍의 차가 한몫했겠지만, 뒤러와 고흐의 작품에서 손의 질감은 현저히 다르다. 하지만 앞엣것이 주는 숙연함과 뒤엣것에서 배어 나오는 안온함은 그렇게 멀어 보이지 않는다. 아니 절대자를 향해 모은 손과 그가 준 삶으로 둔탁해진 손은 본질적으로는 같다고 해야 옳을 것이다. 예컨대 뒤러의 그림에서 좀 더 구부러진 오른손도 증명하듯이, 이들 손에 공히 각인된 것은 사랑과 감사 그리고 무엇보다 감내(堪耐)가 아닌가. 성선경의 시집을 읽으며 고흐의 그림이 먼저 생각난 까닭의 하나는 다음의 시에 있다.

한 끼의 식사를 마치고 밥그릇을 닦으며 도솔
수저와 반찬 접시를 닦으며 도솔 도솔

(중략)

사는 일이란 별을 닦듯 제 밥그릇을 닦는 일

일상의 저녁이란 잘 닦은 식기 같은 건 아닐까?

도솔 도솔 행주치마 고름을 단단히 묶습니다

도솔 도솔 둥글레 둥글레 행주를 들고

이렇게 또 하루를 보내면 하루치의

내 죄업이 닦여질까요? 둥글레 둥글레

한잔 차를 마시듯.

　　　　　　　　　　　　　　　—「나의 명상」 부분

　시의 주체는 왕생 기원의 정토(淨土), 도솔(兜率)을 계이
름 도(do)와 솔(sol)로 바꾸어 부른다. 한데 이는 단순한 펀
(pun)이 아니다. 음높이가 달라져 어우러진 '도'와 '솔'은 일
차적으로 깨달음의 음악이 끊임없이 들린다는 도솔천을 환
기해 낸다. 여기에 주체는 설거지를 하는 손이 그리는 원을
형상화하는 동시에 동요를 연상시키는 "둥글레 둥글레"를
추가했다. 이로써 이 시는 주제에 비해 밝고 즐거운 느낌으
로 채워진다. 인용한 "사는 일"에 대한 정의와 제목에다 마
지막의 자문과 비유처럼 놓인 음다(飮茶)의 장면을 잇대면,
주체의 저녁은 그야말로 발우공양의 시간과 다르지 않음이
드러난다. 한잔 차로 마무리하는 일상다반사, 이것이 주체
가 말하는 명상이겠다. 그러나 이 의식은 "하루치의/내 죄
업"이란 표현이 암시하는바, 계속된다. 이 반복에 담긴 것
은 그러므로 무거움이다.

기도가 얼마나 깊으면 꽃이 되나?
간절한 염원의 마음 엮고 엮어서
눈길을 두는 곳마다 꽃으로 피었나니
꽃세상이 곧 만다라다
기도가 얼마나 쌓여야 꽃이 되나?
기원의 문마다 꽃이라니
기도의 끝에 맺힌 저 한 떨기
두 손을 모아 합장을 하고
기도가 얼마나 간절하면 저렇게
시들지 않는 꽃이 되나?
세상을 향해 열린 문
다 환하다.

—「꽃살문」 전문

　시집의 들머리를 장식한 시이다. 뒤러의 그림과 닿는 구
석이 있다. 그 작품의 다 여며지지 않은 두 손에서 꽃의 형
상을 찾아낼 수 있다면 이 말에 동의할 것이다. 허나 그러
한 발견은 사후적인 일이다. 이 시를 읽고 나서야 그리 보
일 따름이다. 제단을 장식하기 위한 스케치였으나 뒤러는
기도를 위해 모은 손과 꽃의 유사성을 염두에 두지 않았다.
반면 이 시는 꽃을 전면에 내세운다. 주체는 잇따른 설의법
적 물음으로 기도와 꽃을 연결시킨다. 일련의 질문들이 명
시하는 바와 같이 법당의 문에는 기도가 꽃으로 아로새겨
져 있다. 심원하고 장구하며 지성스런 바람들이 거기에 조

각되어 있다.

자연스러운 의문은 '왜 하필 꽃인가?'일 터이나, 배경이 배경이니만큼 해답은 쉽게 찾을 수 있다. 말하자면 저 문 안의 일 배(拜) 일 배가 모두 한 송이 꽃을 피우고 들어서 바치는 산화공덕의 변주인 연유에서다. 그러니 "기도의 끝에 맺힌 저 한 떨기/두 손을 모아 합장을 하고" 나오는 이들의 손이 그 자체로 꽃인 까닭에서다. 한즉 다녀간 숱한 이들의 얼굴은 알 수 없지만, 저 안에서 그들은 적어도 화초였던 덕이다. 이 점에서 "꽃세상이 곧 만다라다"라는 주체의 감탄은 영산회(靈山會)의 재연을 비유적으로 가리킨 것이라 하겠다. 그러나 거기에는 거듭되는 산회(散會)가 전제되어 있다.

아랑곳없이 둥글어지기

「꽃살문」이 묘사했듯 인간의 염원이 빚어낸 문양은 아름답다. 다만 그것은 "세상을 향해 열린 문"에 "시들지 않는 꽃"으로 피어났다. 그런고로 이 개방성과 항구성은 그대로 인간 존재의 영구한 번뇌를 열어젖힌다. 예를 들면 "운주사 와불 같이/운주사 와불같이/한세상 살았으면"이라 말하는 성선경 시의 주체도 그 한가운데에 있다(「괘관산에 들어」). 허나 띄우거나 붙여서 '같이'의 품사를 전환시켜 봐도 시의 대의가 크게 변하지 않듯이, 바람은 바람으로 그친다. 그러기에는 어쩌면 용기가 아니 그보다는 포기가 필요하다. 하지만 "허어 참! 허어 참 네!" 하며 뿌리치기에는 "절간의 스님

조차 미소 짓게" 하는 삶의 맛을 주체는 잘 알고 있다. 그런
"실낱같은 생명의 희망 줄"을 말이다.(이상 「국수」)

그래서일까. 아직 꽃을 피울 만치 자라지 않은 어린 나무
앞에서 "아름다움은 끝끝내 이기적이다"라고 한탄하는 장
면이나(「장미 2」), '춘천'이란 지명을 되뇌다 문득 '(춘)천 춘
(천)'이란 소리를 듣고는 "청춘 청춘"을 불러내는 대목은
(「춘천」), "내년 이맘때쯤이면 내 설움의 뼈도/삭으리라"란
기대와 전혀 이질적이지 않다(「기장 멸치」). "자욱한 그 속을
누가 알겠나?"(「안계 종점」) 아마 앞날에 대한 이렇게나 무심
하고 담담한 우문현답이 성선경의 시가 절망을 격(隔)하고
있음을 증언하는 대표적인 사례겠다. 다음의 시에서 살피
겠지만, 성선경 시의 주체는 차라리 생의 한가운데를 아름
차게 가로지르고자 한다.

모든 처음의 길
저 거침없는 초록
나는 지금 그 속을 걷고 있다

어! 여기는 까마귀가 없네, 나직이 말할 때

풍경의 사리들이 보석이 되는 시간, 마음의 생각도 둥글
어져서, 눈빛마저 둥글어져서, 까마귀가 없는 보리밭도 보
리밭, 내 몹쓸 그리움아! 너는 어디에 있는가? 나는 지금 모
든 처음의 길을 걷고 있다, 내 영혼이 물결치는 너른 바다.

한낮이다. 이삭이 채 피지 않은 보리밭이 펼쳐져 있다. 「장미 2」에서도 사용된 "저 거침없는 초록"이란 표현이나 "그 속"에서의 지시관형사가 일러 주는 거리감처럼 주체는 이곳에 어울리지 않아 보인다. 그럴 것이 인용한 첫 행의 규정부터가 그렇지만, 둘째 연의 독백 역시 고흐의 「까마귀가 나는 밀밭」(1890)의 색감을 상기시키면서 그의 나이를 어림하게 해 주는 연유에서다. 그런데 주체는 셋째 연에서 이곳을 자신의 "영혼이 물결치는 너른 바다"라고 부른다. 의아하지만 시를 풀어내는 실마리는 이 마지막 말과 인용하지 않은 시의 초입에 놓인 "내 영혼이 넘실거리는 너른 벌판"에 있다. 다시 살피자.

모든 것이 시작되는 계절의 산책이다. 바람이 흔들어 놓지만 벌판의 보리들은 아랑곳없이 푸르다. 둘째 연의 독백은 주체가 예의 거리를 자각했음을 나타내지만, 전술한바 애초부터 그는 이곳에 위화감이 없었다. 그가 마주한 거리감은 세월과의 불화에 기인했을 터이나, 마지막 두 연에서 "때"와 "시간"이 겹쳐지면서 응어리는 "나직이" 풀어진다. "까마귀가 없는 보리밭도 보리밭", 주문 같은 명명으로 그는 저 광경을 받아들인다. 그렇게 할 수 있는 이유는 주체가 "풍경의 사리들이 보석이 되는", 생각도 눈빛도 "둥글어져서" 저 들판에 자신의 영혼을 맡길 수 있는 특별한 시간에 도달했기 때문이겠다. 이렇게 주체는 "몹쓸 그리움"을 그대로 두고도, 모든 길을 처음인 것처럼 걸어갈 준비가 되어 있다.

차안(此岸)에 피는 꽃들

각오가 되었다고 만사가 형통할 수는 없는 일이다. 「시인의 말」에 쓰인 것처럼 일각일각이 쌓여 하루가 되고 나날이 이어져 일생이 됨을 알지만, 삶이란 통틀어서는 "모두 신의 장난 같다"고 여겨질 때가 더 잦은 탓이다. 동안거하듯 문을 걸어 두고 자신의 생각과 기억의 미로를 헤매는 주체의 모습은 이러한 곤혹과 무관하지 않을 터이다(「두문」). 그럼에도 성선경의 시는 "영원한 것은 아무것도 없"는 이 세상을 "아직도 누구나 묵묵히" 살아가고 있음을 의심치 않는다(「나팔꽃처럼」). 아름다워서 더 쓸쓸한 봄날의 냇가를 쉬 떠나지 못해 몇 번이고 다시 무는 "마지막 한 개비 담배"처럼(「별천」), 그는 세상을 향한 시선을 거두지 못한다. 고쳐 말하자. 그의 눈길은 누구보다 먼저 자신을 향한다.

> 갈치는 칼을 닮아 갈치가 되었다는데
> 멸치는 왜 멸치일까?
> 한편으로는 묻고 한편으로는 대답하며
> 가장 멋진 삶을 생각하게 하지
> 가장 빛나는 삶은 조연인 듯한 주연
> 조연은 좀 어둡고
> 주연은 너무 밝아

그래서 가장 빛나는 삶은 주연인 듯한 조연

내 삶도 그랬으면 좋겠다, 속으로 낄낄거리며

다시 젓가락들이 멸치볶음에 분주하지

산다는 것은 암만해도 망망대해

어디서 시작해 어디서 끝날지는 잘 모르지

그럴 때 멸치를 봐

—「멸치를 배우는 시간」부분

소박한 밥상이지만 가족들은 떠들썩하니 식사를 하고 있다. 반찬에 대한 잡담을 나누다가 주체는 문득 "가장 빛나는 삶"에 대해 생각한다. "조연인 듯한 주연"이란 처음의 궁리는 이내 번복된다. 주연이 너무 밝기 때문이 아니다. 실은 주체가 주연이 되기 어려운 세상인 까닭에서다. 그럴 바에야 "주연인 듯한" 게 낫지 않은가. 주체의 낄낄거림은 이런 소시민적 소망에서 비롯된 것이다. 따라서 그의 웃음에서는 씁쓸함이 삐져나온다. 뼈아픈 해학이다. 하지만 한편으로는 건강한 낙관주의도 깔려 있다. 젓가락을 고쳐 잡으며 주체가 하는 다음 생각이 삶이란 한바다에 난 것과 같다는 비관론으로 끝나지 않는 이유에서 말이다. 얼버무리듯 삶의 시종이 어떨지 "잘 모르지"라고 말함으로써 그는 모종의 여지를 남기고 있다. 최소한 끝은 결정된 바 없으니 낙망할 이유가 없다는 사실을 분주한 저 젓가락들이 역설(力說)한다.

알다시피 사리(舍利)는 원래 붓다나 성자의 유골을 가리

켰다가 의미가 축소되어 오늘에 이르렀다. 이를 감안하면 「까마귀가 없는 보리밭」에서 "풍경의 사리"나 생각, 눈빛 등에 차츰 부여되는 원의 이미저리가 벌판에서 익어 갈 보리 알이나 바다에서 자라날 진주를 환기시킨다는 점을 짚어 낼 수도 있다. 삶이 「나의 명상」에서 보았던 대로 수도와 같다면 가슴에 사리 하나쯤 있어도 이상할 게 없겠다. 허나 성선경이 보석처럼 귀히 여기는 것은 보다 근원적인 데 기대고 있다. 그것은 스스로 빛나지 못하는 것들에게 빛을 나눠 주는 '햇빛'이다. 사실 목차를 일별하는 것만으로도 이것이 이번 시집의 주된 소재임을 짐작할 수 있다. 하지만 성선경의 시에서 주인의 자리를 차지하는 것은 이것이 아니다. 일테면 표제작인 「햇빛거울장난」을 보자. 얼핏 난해해 보이지만 테니스를 연습하는 벽치기 장면을 떠올리면 수월히 읽힌다. 햇살은 인생의 빛나는 한때를 비추고 있다. 아래에서는 물잠자리가 주인공이다.

물잠자리 물잠자리가 한 마리
잠시 붉어진 단풍잎에 가만히 앉아서
햇살을 끌어당기는
동심원 동심원의 저 투명한 긴장
개여울도 흐르다 잠시 숨죽인
햇빛 햇빛에
막 피어나는 꽃 한 송이
햇빛고요.

—「햇빛고요」 부분

여름 한낮 주체가 목격하는 이 광경에는 몇 개의 우연이 중첩되어 있다. 그는 지나는 길에 문득 개울을 들여다봤을 것이고, 마침 윤슬이 반짝였을 터이며, 공교롭게도 그 가운데 단풍잎이 걸려 있었으리라. 하여 결국 그는 파문들, 그리고 그것들과 긴장 상태인 단풍잎, 또 그 위에 불안하게 앉은 잠자리를 한눈에 담았을 것이다. 이 찰나 "잠시 숨죽인"이는 그러므로 실제로는 "투명한 긴장"을 포착해 낸 주체다. 일렁이는 햇살 속에서 펼쳐진 수유간의 평정 상태를 "햇빛고요"라 이름 붙인 이도 그다. 잠자리는 머지않아 날아올랐겠지만 그는 이 장면을 개화의 순간으로 인화해 냈다. 존재가 스스로를 꽃피우는 시간은 이렇게나 짧다. 숲속 개울에 잠깐 햇볕이 들듯 지나쳐 버리기 쉽다.

다층적 봉합

성선경의 이번 시집을 접한 독자들은 다소 혼란스러울지도 모른다. 그럴 수밖에 없는 것이 이 책의 갈피마다 등장하는 주체들은 다층적이라고 할 만큼 화법과 어조에서 큰 편차를 보인다. 우주의 비의에 감탄하고 세상의 아름다움에 탄복하거나 언어의 유희 중에도 전언을 은연중에 드러내고 시작(詩作)에 대한 고민을 누설하는 등 엄숙한 주체는 이미 익숙하다. 그리고 퇴직한 중늙은이나 그래서 다시 한 여자의 남편으로 처음처럼 돌아온 일상의 주체를 내세우는

경우도 낯익긴 매일반이다. 그러나 예시한 주체들이 이 시집처럼 자유분방하게 어우러지는 사례는 단언컨대 드물다. 이러한 주체의 다층성은 시인으로 더 오래 살아온 성선경의 이력에 그 원인이 있지 않다. 그보다는 그가 아니 그의 시가 삶이 아니라 사랑에 익숙하기 때문이다.

그렇기에 성선경 시의 주체는 기꺼이 저 모든 죽고 죽어 가는 것들을 위무하는 종소리의 중심에 있다고 자인하는 문인이자(「범종」), "꿀보다 향기로운 시"를 쓰고자 하는 시인으로(「꿀벌처럼」), 그리고 가슴에 "숨겨 둔 슬픔"을 나누는 친구인 동시에(「겨울, 동」), "그냥 그렇게 산다 싶은" 생각을 하는 이웃으로(「그냥」), 세상을 그리고 슬픔을 어느새 알아 버린 "첫사랑 그 지지배 지지배배" 하는 모양을 쓸쓸히 바라보고 들어주는 남편으로 화할 수 있는 것이다(「나뭇가지에 앉은 새처럼」). 요컨대 스스로 나뉘고 갈라짐으로써 실제로는 모든 존재를 껴안고 마는, 저 "투명하게 바라보는 빛의 응시"와 같은 시선을 성선경의 시는 견지하려 한다고 하겠다(「햇빛경전」).

마지막으로 이 글에서는 굳이 직접 거론하지는 않은 그러나 시인 자신은 내밀하지 않은 것인 양 공개한, 시인 부처(夫妻)의 일상 언저리를 담아낸 시들 중 하나를 읽어 보는 것도 성선경 시의 또 다른 흥취를 느끼는 방편이겠다. 독해의 편의를 위해 주체의 말이 아닌 것에 밑줄을 그었다. 혹여 반대일 수도 있다. 세월이라 불러도 무방할 시간을 함께한 사이일 테니 충분히 그럴 수 있다. 어쨌거나 삶은 이렇

게나 사소한 다툼과 투정 그리고 달램으로 소소하게 채워
지기도 한다. 바야흐로 "모든 처음의 길"이 열리는 봄이라,
부부는 함께 나설 터이다.

> <u>나는 입술이 부르텄느데</u>
> <u>꽃마중 갈라요?</u>
> 산은 아무리 낮아도
> 신선이 놀면 그게 명산(名山)
> 저 산의 허리는 온통 봄 햇살로 환한데
> <u>꽃마중 갈라요? 아이구! 이 지랄</u>
> 이 봄에 몸살은 무슨?
> 꽃은 이 봄에 와 피겠노?
> 진달래, 산벚꽃, 꽹과리 소리
> <u>아이구 이 지랄! 와 입술은 부르텄느데?</u>
> 산이 아무리 높아도
> 신선이 깃들지 않으면
> 그냥 저기 저 높은 언덕배기
> 이 봄에 꽃이 와 피겠노?
> 진달래, 산벚꽃, 꽹과리 소리
> 눈길은 자꾸 꽃마실을 가면서
> 이 봄에 몸살은 무슨 몸살?
> 꽃마중 갈라요?

—「딴청」 전문